感谢那些为我敞开艺术之门的朋友。

20 世纪艺术家大书
20 Shiji Yishujia Da Shu

著·绘 © 薛蓝·约纳科维奇（Svjetlan Junaković），2011
著作权合同登记号桂图登字：20-2018-182 号

出版统筹：伍丽云
质量总监：孙才真
责任编辑：方 婧
责任营销：郑茜文
责任美编：邓 莉
责任技编：马其键

图书在版编目（CIP）数据

20 世纪艺术家大书 /（克罗）薛蓝·约纳科维奇著、绘；蔡钰
译 . -- 桂林：广西师范大学出版社，2024.1
（魔法象．图画书王国）
ISBN 978-7-5598-5802-3

Ⅰ.①2… Ⅱ.①薛…②蔡… Ⅲ.①儿童故事 – 图画故事 – 克罗
地亚 – 现代 Ⅳ.① I555.385

中国国家版本馆 CIP 数据核字（2023）第 025851 号

广西师范大学出版社出版发行
（广西桂林市五里店路 9 号 邮政编码：541004）
网址：http://www.bbtpress.com
出版人：黄轩庄
全国新华书店经销
北京盛通印刷股份有限公司印刷
（北京经济技术开发区经海三路 18 号 邮政编码：100176）
开本：787 mm × 1 010 mm 1/8
印张：6 字数：60 千字
2024 年 1 月第 1 版 2024 年 1 月第 1 次印刷
定价：59.80 元

如发现印装质量问题，影响阅读，请与出版社发行部门联系调换。

［克罗地亚］薛蓝·约纳科维奇／著·绘　　蔡 钰／译

20世纪
艺术家
大书

广西师范大学出版社
GUANGXI NORMAL UNIVERSITY PRESS
·桂林·

在苏联这个国家存世的最后几天里，我在莫斯科遇到了玛申卡。我是通过一个朋友认识她的。她的叔叔博格耶夫上校被流放到西伯利亚，在那里度过了一段不堪回首的困苦时光。被流放之前，上校设法将一个装满奇怪物品的袋子仓促地交给了这个女人。据说这袋子曾是卡西米尔·马列维奇的。倘若这是真的，我会立刻买下，以丰富我的收藏品。

我很快注意到一组俄罗斯套娃，那是俄罗斯典型的民间工艺品——我非常确定，这是马列维奇所画。在一个绘有黑色正方形的白色俄罗斯套娃里，有另一个模样几乎相同、略小的套娃，而后则是另一个更小的，以此类推，直到最后一个极小的套娃。

顷刻之间，我领悟到了马列维奇"至上主义"的内涵：在"从无到有"之前和"再从有到无"之后，有的东西终究是虚无的。这是关于"无限"的哲学。我高兴地不停重复着："虚无，虚无，虚无！"而身着电车司机制服的玛申卡在一旁困惑地注视着我，不太明白我在说些什么。

我很想收藏这组俄罗斯套娃，但是它们的价格以美元为单位，末尾有太多个"零"。至于那张照片——拍的是一面墙，墙上挂着年幼的卡西米尔的画——她却给了我极低的价格。这个玛申卡，真是奇怪！

她给我倒上一点伏特加，我们开始喝酒聊天，并且谈论价格。我们一边喝酒，价格末尾的"零"一边消失。谈到最后，竟然一个零都不剩了！与此同时，我的头痛不断加剧。无奈之下，我睡了一整天。如今，那些套娃就一个接一个列于我的桌面上，连同那张拍摄墙的美丽照片，以及另一张更小的照片（玛申卡从她驾照上撕下来的证件照，我记得是她送给我的）。

Kazimir

ALEVIČ

卡西米尔·马列维奇

ИСТОРИЯ
СОВРЕМЕННОГО
ИСКУССТВА

我后来再也没见过那个女人，但是我很想补偿她。于是，穿着电车司机制服的她出现在我的这本书里。

想象"无限"，无疑是最难做到的事情之一。这就好比我们尚未确定目标，就一味地想走得更快、更远、更深入，那我们只会迷失方向。那些热爱思考的人常问自己："还有什么吗？"他们会透过客观事物进行思考，试图有所突破，尝试抵达"已知"事物之外的境地。

现在你们或许会问我："人们到底如何以直观的方式，呈现那些始终处于无形之中的事物呢？"我会说，那得发挥想象的魔力。我的藏品也拥有这样的特质，而我只会将它们展现给那些拥有丰富想象力的人们！

Машенка

*左边照片中墙上的俄文大意是"现代艺术史"。
上边便签的文字是玛申卡的俄文名。

PicASSO

巴勃罗·毕加索

  一个很特别的、关于毕加索的赌约，让我开始找寻属于他童年的东西。那时，我的收藏家朋友们深信，他们对于毕加索的一切已了如指掌，所以底气十足地激我打个小赌。这次赌注不大。我怀疑，他们向我下战书，不过是想摆脱我，换取一时的清净。而我也一直对毕加索很好奇，这个赌约恰好推了我一把。

  我是从毕加索的亲戚朋友和老师那里着手的。当一个人度过了毕加索那样漫长而浓烈的一生，必定有诸多细节是被人们忽略的。

  果然，我探寻到了一丝饶有兴味的迹象。

  在毕加索九岁那年，西班牙一个小镇的地方报纸刊载过这样一则简讯：

  5 月 24 日傍晚，一辆几乎全新的白色自行车被盗走了坐垫和车把，车的主人是本地的小学女教师 A. J.（26 岁）。小偷为什么不偷走整辆自行车呢？真是匪夷所思。

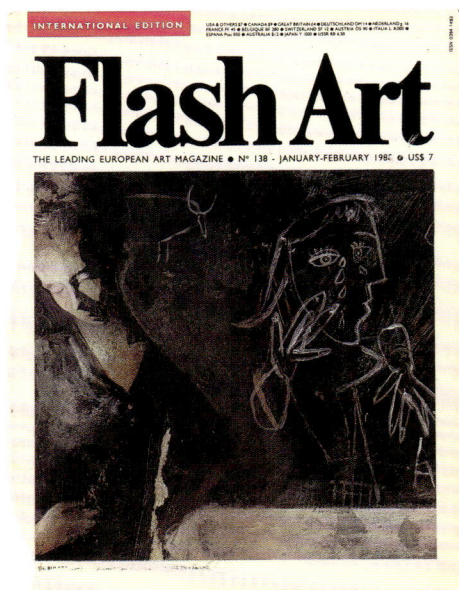

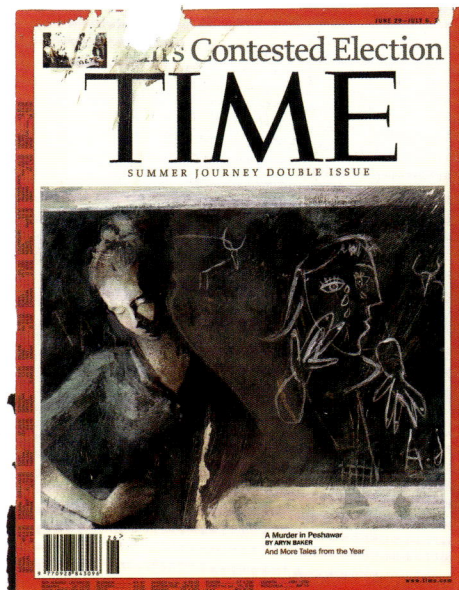

事实上，仅在 5 月，我市就已有两辆自行车整车失窃。若非这次只有车把和车座被人拆掉，只是单纯的第三起自行车失窃案的话，是不会见报的。本次事件值得关注。

文章附着一张残缺不全的自行车的照片，和一张愁绪满怀的女教师的照片——这便是我追寻到的线索：一个向我诉说毕加索童年生活的画面。于是我前往西班牙的毕尔巴鄂市，在博物馆专家的帮助下，我找到了想要的答案！在那张历经了岁月侵蚀的照片里，女教师身后黑板上有幅粉笔画，可辨识得出是巴勃罗·毕加索的作品，这就是他的第一幅肖像画《哭泣的女教师像》。

多么惊人的发现啊！当年的威尼斯双年展上，大师第一幅肖像画的资料被公开展出后，引起了巨大的轰动。此外，据我调查，这张照片还荣登某些著名杂志的封面。于是，我拿着打赌赢来的钱，享用了一顿美味可口的腊肠比萨。

生活中的小事，常会让我们踏上意料之外的路途。

我们永远不会知道，当长大后的毕加索为更多哭泣的女人画像时，是否会回想起他的老师。或许，他只会想到，自己曾经为了证明车把和坐垫能创造出一件艺术作品，而和朋友打了个赌。再或许，一切仅仅是一个巧合呢？

George GROSZ
乔治·格罗兹

Gustav KLIMT
古斯塔夫·克里姆特

我不想探知自己的未来。我不想研究星座和塔罗牌，也不想解读咖啡渣中的秘密。我害怕知道自己命运的真相，却好奇他人的真相。而艺术，从古至今都在描绘这个世界的真相，甚至会以痛苦而真挚的方式，透过孩子的眼睛，向我们预示不远的将来。就像格罗兹，乔治·格罗兹。他从小就有一个愿望：在一本古老的德语图解词典上画画。

他直接在书页上涂抹色彩，他渴望重新装饰这些插图。这是怎样的艺术感知力啊！他仿佛看到了未来，看到了德国几年后即将遭遇的一切。

*上边词典页是关于"旅馆"的词，
　左边是关于"舰队和海军"的词。

Der menschliche Körper.

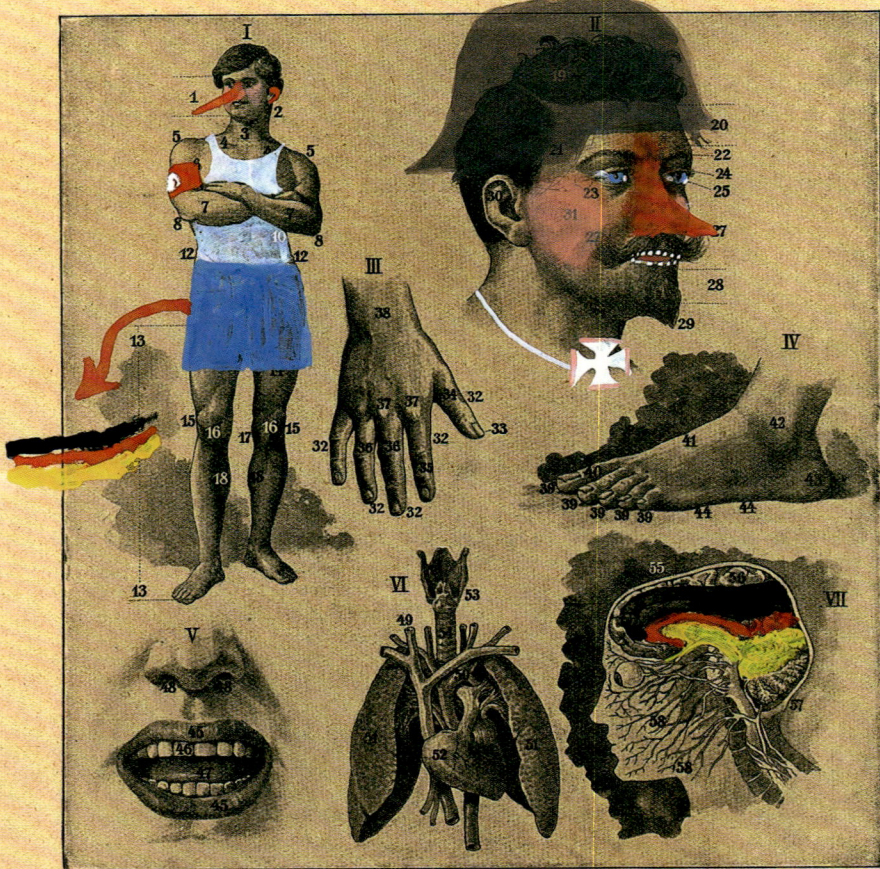

I. Der Körper.
1. Das Gesicht.
2. Der Hals.
3. Die Kehle.
4. Das Schlüsselbein.
5. Die Schulter.
6. Die Armhöhle.
7. Der Arm.
8. Der Ellbogen, das Ellbogengelenk.
9. Die Brust.
10. Die Seite.
11. Der Bauch, Leib.
12. Die Hüfte.
13. Das Bein.
14. Der Oberschenkel.
15. Das Knie.
16. Die Kniescheibe.
17. Die Kniehöhle.
18. Der Unterschenkel mit Wade.

II. Der Kopf.
19. Das Haar.
20. Die Stirn.
21. Die Schläfe.
22. Die Augenbraue.
23. Das Augenlid.
24. Die Wimper.
25. Das Auge.
26. Die Nase.
27. Der Schnurrbart.
28. Das Kinn.
29. Der Spitzbart.
30. Das Ohr.
31. Die Wange, die Backe.

III. Die Hand.
32. Der Finger.
33. Der Nagel.
34. Der Daumen.
35. Der Zeigefinger.
36. Das Gelenk.
37. Der Knöchel.
38. Das Handgelenk.

IV. Der Fuß.
39. Die Zehe.
40. Die große Zehe.
41. Der Spann | das Fußgelenk.
42. Der Knöchel | gelenk.
43. Der Hacken, das Fersenbein.
44. Die Sohle.

V. Der Mund.
45. Die Lippe, Unter- und Oberlippe.
46. Der Zahn.
47. Die Zunge.
48. Die Nasenlöcher, das Nasenloch.

VI. Die Blutgefäße.
49. Die Benen.
50. Die Arterien.
51. Die Lungen.
52. Das Herz.
53. Die Kehle.
54. Die Luftröhre.

VII. Der Schädeldurchschnitt.
55. Die Hirnschale, der Schädel.
56. Das Gehirn.
57. Der Hinterkopf.
58. Der Nerv.

48

Das Schlafzimmer.

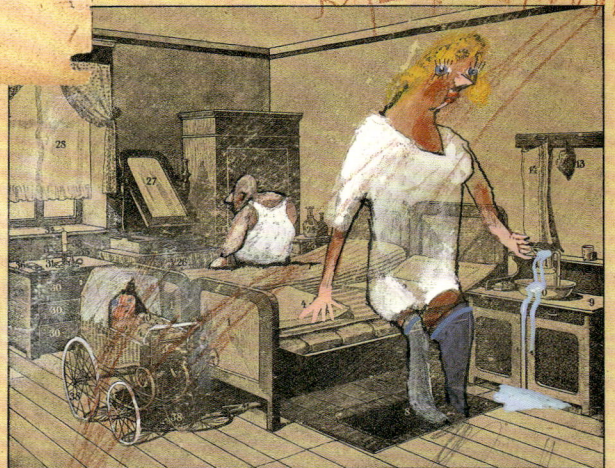

1. Das Bett.
2. Das Bettlaken.
3. Die Steppdecke.
4. Das Daunenkissen.
5. Das Kopfkissen.
6. Die Matratze.
7. Die Bettdecke.
8. Der Bettvorleger.
9. Der Waschtisch.
10. Die Waschschüssel, das Waschbecken.
11. Die Wasserkanne.
12. Die Seife.
13. Der Schwamm.
14. Das Handtuch.
15. Der Handtuchhalter.
16. Der Kamm.
17. Die Haarbürste.
18. Der Spiegel.
19. Die Zahnbürste.
20. Der Schuhanzieher.
21. Der Schuhzieher.
22. Der Schrank.
23. Der Nachttisch.
24. Die Karaffe.
25. Das Wasserglas.
26. Der Toilettentisch.
27. Der Spiegel.
28. Der Fenstervorhang, das Rouleau.
29. Die Kommode.
30. Die Schublade.
31. Der Leuchter.
32. Der Lichtknecht.
33. Die Kerze, das Licht.
34. Der Docht.
35. Das Löschhütchen.
36. Die Streichholzschachtel.
37. Der Kinderwagen.
38. Das Rad.
39. Der Bettvorhang, die Gardine.
40. Die Milchflasche.
41. Der Stiefelknecht.

44

这些画就像是骇人的重大警告。是的，战争一触即发，20 世纪最糟糕的时期降临了。

格罗兹超越了现代艺术，向我们展示了切合"现实"的视野。现代绘画对我们的生活方式和生活习惯评头论足，他却不然，他深知要把目光投向前方。于是他描绘了饥饿、死亡、战争……

*左上词典页是关于"人体"的词，右下是关于"卧室"的词，右页是关于"汽车和飞机"的词。

同时期，许多艺术家发表新作品以带动潮流，引领审美的走向，他们甚至可以决定地毯的流行样式，克里姆特便是其中一位。当格罗兹正向人们揭露人类的命运时，克里姆特关注的却是其他问题。但是请千万不要怀疑右边这幅画作的价值，以及我对克里姆特装饰性风格的喜爱，因为事实恰恰相反。画的价值巨大，我也很是喜爱。

　　正是他的艺术，将乔治·格罗兹的图解词典带到我手中。这本词典，是我在因斯布鲁克的一家著名美术馆里，用克里姆特家庭相册中的一张照片换来的。这没什么好大惊小怪的。

　　现在社会偏爱的美，往往是那些人为且矫揉造作的、不真实的美。而真正美好的事物，是独一无二，甚至稍纵即逝的。

　　为了那次重要的交换，我飞往因斯布鲁克，途中，结识了乘务员小姐玛蒂尔德。她身着红色制服，美极了！她在我的机票上写下电话号码的那一刻，更是美丽动人。可是第二天，当我在市中心再次见到她时，她已不再穿红色制服。美，就这样悄然变了，变得无影无踪。或许她的那份美好留在了飞机上。

　　就在那一刻，我竟因为无法像格罗兹一般窥测命运而感到些许遗憾——如果可以，我必将避免与她的第二次相遇。

Received
XII 1875

Cher Papa Noël,
J'ai fait cette CARte de voeux
dE Noël pour toi. J'aime bien
DESSiner. Je te souhaite......
Joyeux Noël. J'ai six ans.
Je m'appelle Henri Emile Benoît

PS. Je vouDRAis des poissons d'or
pour Noël. Si cela est possible.......

　　"圣诞老人"基金会终于在前些年向公众开放了档案馆。我和许多人一样，对圣诞老人的工作充满好奇，成为第一批报名参观的人。我发自内心地想要找到一些有分量的东西来充实我的收藏品。等了几个月之后，我终于如愿以偿。

　　圣诞老人的档案馆位于欧洲北部一个偏远之地的废弃造船厂内。各种规格的邮件、书信、包裹、电报和信封，都按照字母顺序、年份、重量乃至重要程度，有序地分类、编号。这不禁使我目瞪口呆，不仅找不出丝

Henri MATISSE

亨利 · 马蒂斯

毫不妥之处，简直堪称完美！我简直不敢相信自己的眼睛，无法想象竟存在着规模如此巨大、馆藏如此丰富的档案馆！

我根据字母的排序，开始了搜索。在"艺术家（Artists）"的首字母 A 的编目中，我什么也没有找到。又按照年份找，可就连"20 世纪二三十年代"，这个对于 20 世纪艺术来说至关重要的编目中，也一无所获。后来在"插图（Illustrated）"的首字母 I 的编目中，我注意到一张纸片，是一封画有图案的信，很有意思。

亲爱的圣诞老人：

我特地为你制作了这张明信片。我酷爱画画。祝你圣诞快乐！

我今年六岁，我叫亨利·埃米尔·贝诺。

另外，如果可以的话，我特别希望圣诞节能够拥有一些金鱼。

纸片上，盖有注明收信日期的邮戳。

Sent 23 XII 1875

Santa Klaus
P. Box 9095
North Pole

Cher Henri,

... pour ta carte magnifique. Je pense que ce serait génial que tu continues à faire de nombreux dessins! Comme ça, les poissons d'or que tu trouveras à côté de ton sapin, deviendront à travers tes mains les poissons les plus connus dans l'histoire de l'art.

Joyeux Noël!

Ton Père Noël

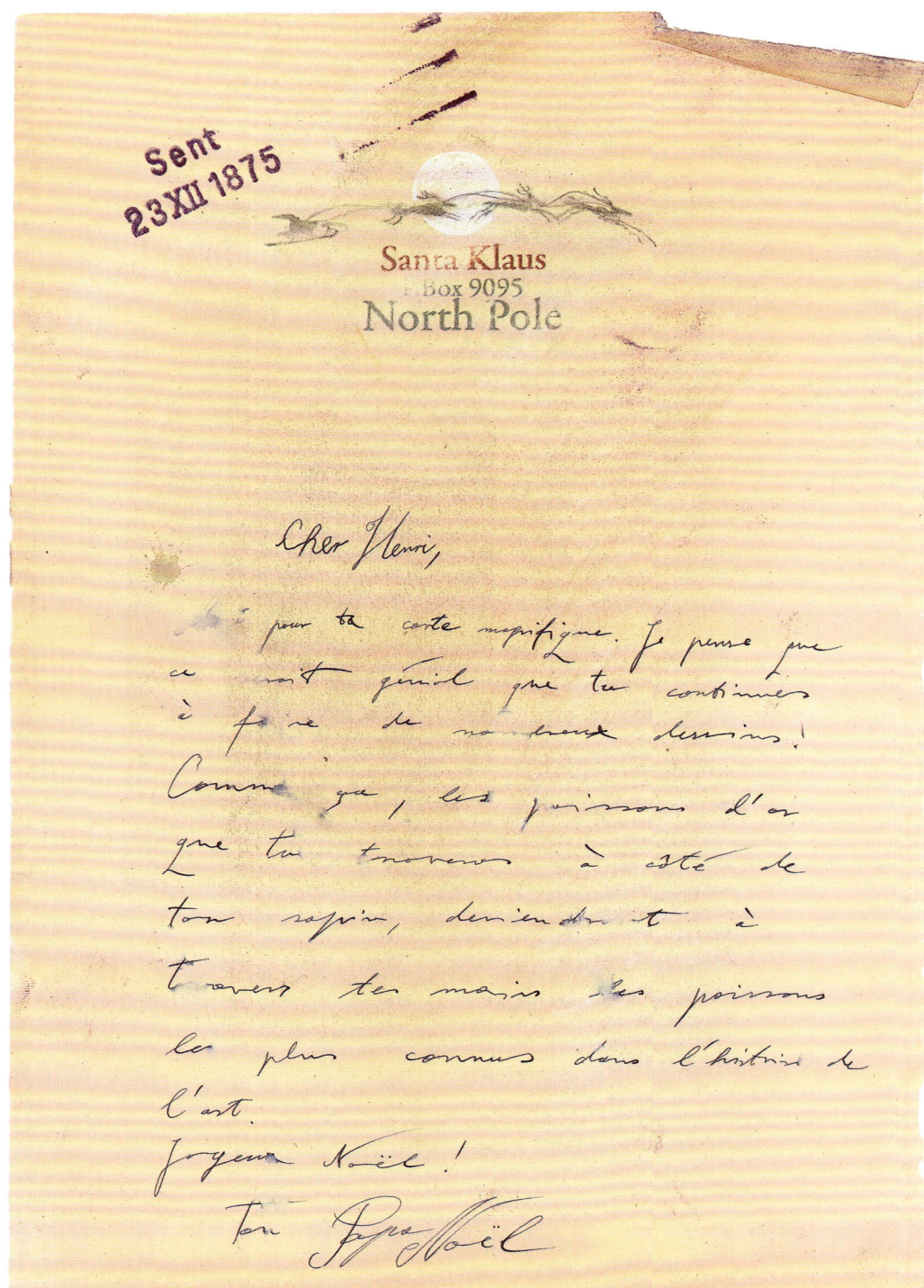

和纸片一起的，还有一封回信（也盖有邮戳，标了寄信日期）。

亲爱的亨利：

　　谢谢你送的精美明信片。我想你应该继续画更多的画，这对你非常重要。你会在树下找到你的金鱼，而且这些金鱼将成为艺术史上最负盛名的金鱼。

　　圣诞快乐！

　　　　　　　　　　　　　　你的圣诞老人

你们一定不会相信，我从临近的档案里发现一个破损不堪的信封，从里面抽出一张小小的画，画里有几只金鱼。还有什么比我手里拿着的东西更加美好？——那可是一件马蒂斯的原作！啊，人生因这份喜悦而值得！

Amedeo MODIGLIANI

时尚变幻莫测，有时持续时间很短，随季节改变；有时长达数十年之久；有时从一个简单的画面，譬如仅仅是一个梦，就能衍生出时尚的风格和趋势。总有那么一群人，他们是时尚的风向标，他们能够引领人们的选择，让一些人心悦诚服！

一想到女性之美，我的脑海中就会浮现莫迪利亚尼。他所崇尚的女性之美，即使在今天仍然流行。他既是一位伟大的画家，也是一位极具魅力的男人，他会运用修长得失真的造型来呈现他的女模特。切记，永远不要照搬现实。

我从未见过谁不欣赏莫迪利亚尼画的女人。可是至于他为什么坚持用这颀长的造型，人们依然感到困惑。是不是因为他身边的某一个人具有这种超凡的美呢？会是一位拥有修长脖子、一头柔软垂顺的深色秀发的淑女吗？从这张合影中很难找出答案。倘若不是照片背面的便条有年份和名字，恐怕都没人认得出这拍的是阿梅代奥的班级。

驻足于他的另一张老照片前，我有了新的发现。

以前，许多画家和雕塑家一直模仿旧石器时代"沃尔道夫的维纳斯"的丰腴圆润。后来，文艺复兴时期，这种美的观念从意大利佛罗伦萨传播到世界各地。从不计其数的作品中可知，丰腴圆润的女性形象一直流行至20世纪初——直到在离佛罗伦萨不远的托斯卡纳悄然发生了一些事情。这是我根据阿梅代奥儿时的照片推测的。照片中，他在沙滩上玩耍，创作了修长的雕塑，当作"图腾"。雕塑的头颅很大，面部很消瘦，可谓是新美学的典范。

他的艺术品味究竟源于何处？更令人费解的是，他是用什么固定住沙子，使其维持修长的形状，以克服沙子这种材质天生松散的属性呢？你不妨试着用沙子做一个细长的脖子，再在上面做一个又大又圆的头。如果你能做到，恐怕你也可以挑战牛顿的万有引力定律了。

SCUOLA MEDIA STATALE PERGHI

CON

, li maggio 19

Anno Scolastico 19 / 19

Nome e Cognome *Amedeo Modigliani*

Classe II A

GIUDIZIO:

c Flandoli TM

Piet MONDRIAN

彼埃·蒙德里安

　　除了废弃的顶层阁楼和老旧的地下室，古董市场也是一个偶尔能让我们淘到一些物件来充实藏品的好地方。柏林的古董市场就是这样绝对不容错过的地方。

　　那是 1987 年的秋天，世界被一分为二，空气里充斥着猜忌和恐惧的气氛，仿佛某个重大的变故将不期而至。柏林这盘棋，在双方对峙、危机四伏、剑拔弩张的局势中悄然进行。

　　了解国际象棋的人应该知道，棋子必须严格按照规则走。但除此之外，还有一些不成文的规定，例如：三个兵等同于一个马，三个兵和一个马等同于一个车，两个车等同于一个后。我喜欢棋盘，喜欢棋盘上井然有序的黑白方块。

　　感谢象棋让我理解了蒙德里安的画，他的画将平静灌注我的全身，向我倾诉安宁与均衡。我被他作品中的严谨构图、色彩张力和独特形式所吸引。那么，一个红色正方形的意义比一个白色正方形更大吗？一个黑色正方形和两个黄色正方形相比呢？一个蓝色矩形是否等同于两个白色矩形？我恍然大悟——和谐，是不和谐因素相互调和的产物。

　　我去了东柏林，到了鲍里斯的摊位，一看到那个棋盘，便立刻意识到：它出自蒙德里安之手！作为好朋友的鲍里斯劝我不要买。他试图说服我，用那副棋是不可能开始或结束任何一个棋局的，它对我毫无用处。他还给我推荐了其他几副棋，有那种在克罗地亚海岸的小摊贩手中随处可见的，带有精美的中世纪士兵画像；还有意大利产的，配有精美的塑料棋盘……

　　而我选定了彼埃的那副棋，仿佛完成了人生中最重要的一场博弈。

　　20 世纪的艺术是一场骚乱。数不清的问题接踵而至，人们进行自我批判，艺术家质疑自身和艺术本身的意义。所有的标准和规则都被颠覆。一些艺术家尽管反对当时的先锋派，但因其自身的强烈个性，依旧被认为是"现代且特殊的"。如马克·夏加尔，一位精致而敏感的画家，用极具个人色彩的视角来观察周遭的事物和世界。他与立体主义、超现实主义和至上主义保持距离，即便如此，他仍然是这些艺术潮流的参照点。他是一位伟大的个人主义者，他决心树立自己的标准，不遵循先入为主的规范、模式和准则。

　　维捷布斯克（今白俄罗斯东北部的城市）曾湮没在俄罗斯的广袤中，是隐藏在世界中的一隅之地。它是小马克不断尝试逃离，以摆脱阴郁、沉闷和泥泞的地方。但无论如何，维捷布斯克从未真正地离开过他。无论马克去往哪里，它都是他画中不可或缺的一部分，始终跟随着他。

　　我拥有许多与夏加尔的生活有关的物件。其中之一，是我拥有的一千六百七十本藏书中的一本，带有作者亲笔签名的、1931 年斯托克出版社出版的夏加尔自传《我的生活》。此外，我拥有两张小尺幅的版画。我有果戈理《死魂灵》的插图版，插图作者是夏加尔。我有他的一些陶瓷作品、调色板和两支他用过的画笔，还有他的工作服，是他在耶路撒冷制作那些绚丽的彩色玻璃窗时穿过的。我有一张山羊的照片，照片里的山羊是维捷布斯克牧场里那种最典型的、眼睛像人一样的山羊，就像他画中的山羊那样。除此之外，我很想收藏他的护照，因为护照让他可以随心所欲地游历世界，沉溺在他的宇宙里，徜徉于他的天空和梦境之中。

　　我的确找到了他的"护照"，尽管和我设想的不太一样。2009 年 2 月，我在纽约的《文化虚根》杂志（第112 — 114 页）中查到了学者艾维尔·图维诺特·尼桑撰写的文章《飞越维捷布斯克》。旁边附着两张令人难以置信的照片，两名中国人于 1897 年抵达维捷布斯克，他们在城市上空放风筝。很遗憾，确切日期已无从考证。那天是令所有人难忘的市集和节庆日，而风筝寄托着"摆脱泥沼和重负"的美好愿望。尽管如此，小马克的心里清楚地知道，想要飞起来，爱和绘画是必不可少的。次日，当两名中国人再次到那儿放风筝时，马克·夏加尔早已远离。他飞进了他的绘画世界，与云层相伴，与音乐家相伴，与恋人相伴。或许只有懂得飞翔的人才能"看见"：有一个手掌，托起了整个宇宙。确切地说，是夏加尔的手掌，极具才华和魅力的手掌——那便是他的第一份护照，无须盖章、没有期限的护照。

Giorgio DE CHIRICO

乔治·德·基里柯

我坐在位于意大利北部特伦托市中心的小广场上。一场大雨过后，阳光再次洒向城市。那种独特的光影效果，像是运用了电影《日以作夜》中特别的镜头语言。傍晚时分，树木、纪念碑、房屋和停放车辆的阴影被拉长，一条狗飞奔着穿越广场。街上空无一人。没有人类的参与，一切变得如此玄奥。空旷的城市显得有点儿不真实。时间的痕迹被抹去，仿佛一切都永恒地凝神屏息，空有无与伦比的沉寂。

我希望这景象无尽地延续。可是，它只映现在纯粹且不朽的艺术中。在那里，美不会衰落，永存不灭。当光影凝固，时钟静止，火车将不再驶离车站，只剩那半遮半掩的、稍纵即逝的美，终未被描述完，等待着我们去续写。

瓦伦蒂娜是个精力旺盛的人，她身上具有那种存在于艺术之中的美。我向她展示我收藏的那本记录 20 世纪伟大艺术家的摄影集时，她自豪地对我说："我的曾祖母曾经为许多罗马雕塑家做过模特，包括那些著名的雕塑家。"第二天我们再次碰面时，她带来一个大箱子，箱子里塞满了旧照片。在那些石膏和陶制的雕塑中，我找不到任何有趣的东西。我联想到了阿图鲁·马提尼的书《雕塑，死亡之语》。猛然间，我吃惊地发现了一张拍摄于特伦托的照片，看上去正是那个下过雨的午后——广场、影子、玩具、香蕉……还有一尊石膏塑像！

"你怎么知道这半身塑像的模特是你的曾祖母？"我问道。她没有作答，只是默默地递给我另一张照片，手指照片中一个年轻漂亮的女人。她站在石膏像旁，非常迷人。这俨然是形而上的永恒，是彻底的不朽。

瓦伦蒂娜高兴地说道："拿着吧，这是给你的，拿去丰富你的收藏品！"我激动不已。

为她准备意大利面和调制大蒜酱汁时，我想到了"永恒"。真希望"无限的瞬间"不要定格在我手里正握着大蒜的那一刻。如果这是"永恒"的气味，我可不会喜欢！

Foto
Giulia De Piazza
Roma

René MAGRITTE

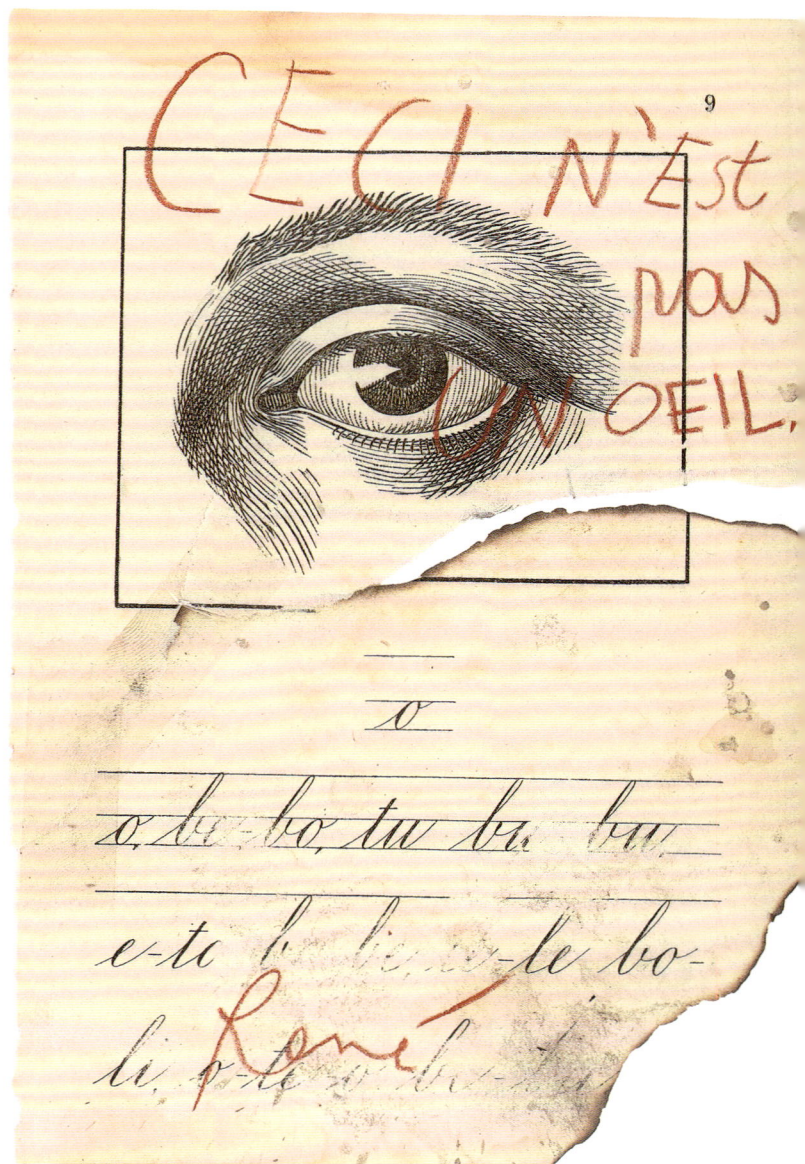

我们，也许几乎所有人，都会偶尔想要忘记现实，沉浸在梦中；只有少数人能够一生追寻梦想。他们，是勇敢的。

我常会碰碰运气，搜寻作品来收藏。脑中偶尔冒出某个确切的想法时，我便会开始搜索真正独具一格的物品。寻找马格利特唯一现存的拼贴画那次，就是这样的情况。我曾经深信那是他的真迹！结果前段时间我读到，事实上马格利特的作品中没有拼贴画。可惜到目前为止我尚未证实这一点，但无论如何算是有了个答案。在巴黎桥下的书摊上，我偶然翻到一本关于梦的书，书上有句古老的名言：借谎言道出真相。署名看不清了，只能勉强辨认出"雷尼"。我未曾请教笔迹学者，但我更愿意相信我拥有的是一件特别的、属于马格利特的物品。若想得知真相，时间总是有的，只是不一定值得。

Ceci n'est pas une pipe.

Ceci n'est pas un arbre.

那书里夹了三张画，上面有某个孩子的红色笔迹：

这不是一只眼睛，只是在眼睛图画的上方。
这不是一支烟斗，只是烟斗画旁的注释。
这不是一棵树，只是在树的旁边。

画的背面，有人评价："这孩子非常健康快乐，似乎很有天赋，但他只相信梦，拒绝一切人们口中的现实。"

梦是神秘的，在梦里什么都有可能发生，而且不需要担忧后果。

就像君特·格拉斯的《铁皮鼓》中拒绝长大的奥斯卡，马格利特从不屈服于人们口中的所谓"现实"。这种偏执令我着迷，尤其是当我发现，自己也拥有着同样的偏执。

Seeing dollar signs

Alberto GIACOMETTI 阿尔贝托·贾科梅蒂

　　收藏家，可不是仅仅收藏艺术品。我们中的大多数人亦会在热诚的驱使下，创造出一系列藏品专题。很多收藏品单独拎出来，乍一看，似乎毫无价值，然而一旦将它们放置在富有艺术气息的专题系列当中，其价值就凸显出来了。就像生活，往往是大量细枝末节的总和，不是吗？

　　我酷爱搜寻小物件、文献资料、被遗忘或遗失的照片，它们与伟大画家和雕塑家的童年生活息息相关。那些被我视若珍宝的东西，在别人看来或许一文不值。有时我碰上喜欢的物品，商人会精明地抬高价格。不过多数时候我都能谈成划算的买卖，因为我买的一般是其他人不太稀罕的东西。

　　一天，一个朋友打来电话。他是伟大的收藏家哈维耶尔·Z，拥有许多重要的现代艺术作品。他在电话里说："我可以卖给你四支阿尔贝托·贾科梅蒂的铅笔。品相不太好，有点破旧，应该来自他童年的最初阶段。我觉得它们非常适合你那荒诞的专题藏品，哈哈哈！"

　　当我看到那些铅笔时，我立即意识到，它们的确曾经属于贾科梅蒂，但我对哈维耶尔要了点小聪明。"我的藏品可能有些荒诞，但我从不收藏赝品。你这些东西明显是假的！"我断言道，抱着压价的期望。哈维耶尔不知道，儿时的阿尔贝托常会焦虑不安地咬他的铅笔。而我对此却了然于胸。长大后，香烟代替了铅笔。哈维耶尔坚持说："用一辆'标致'牌小汽车的价格换取四支铅笔，多划算啊。"于是我不得不软磨硬泡了好一会儿，直到他心甘情愿地让步。对于收藏家而言，讲价是一场重要的博弈，就好似双方的一场对决。幸好这一次，我的对手误判我看走了眼。

　　我小心翼翼地将铅笔收好，便将这件事情抛诸脑后了。然而就在2009年11月14日的一份《金融时报》上，我读到一篇文章，谈到艺术界的一项重大发现。文中提到了一支铅笔，据专家鉴定，属于瑞士雕塑大师贾科梅蒂。文章还提到下落不明的另外四支铅笔，它们2005年最后一次出现在马德里，随后便不知所终。艺术家的照片旁有那支铅笔的照片，那铅笔在伦敦拍卖时竟以268,000英镑的价格成交！

　　我的手机响个不停，哈耶维尔给我打了不下二十个电话。我没接，扭头转向汽车经销店的方向——我倒想看看一辆"标致"牌小汽车价值几何！

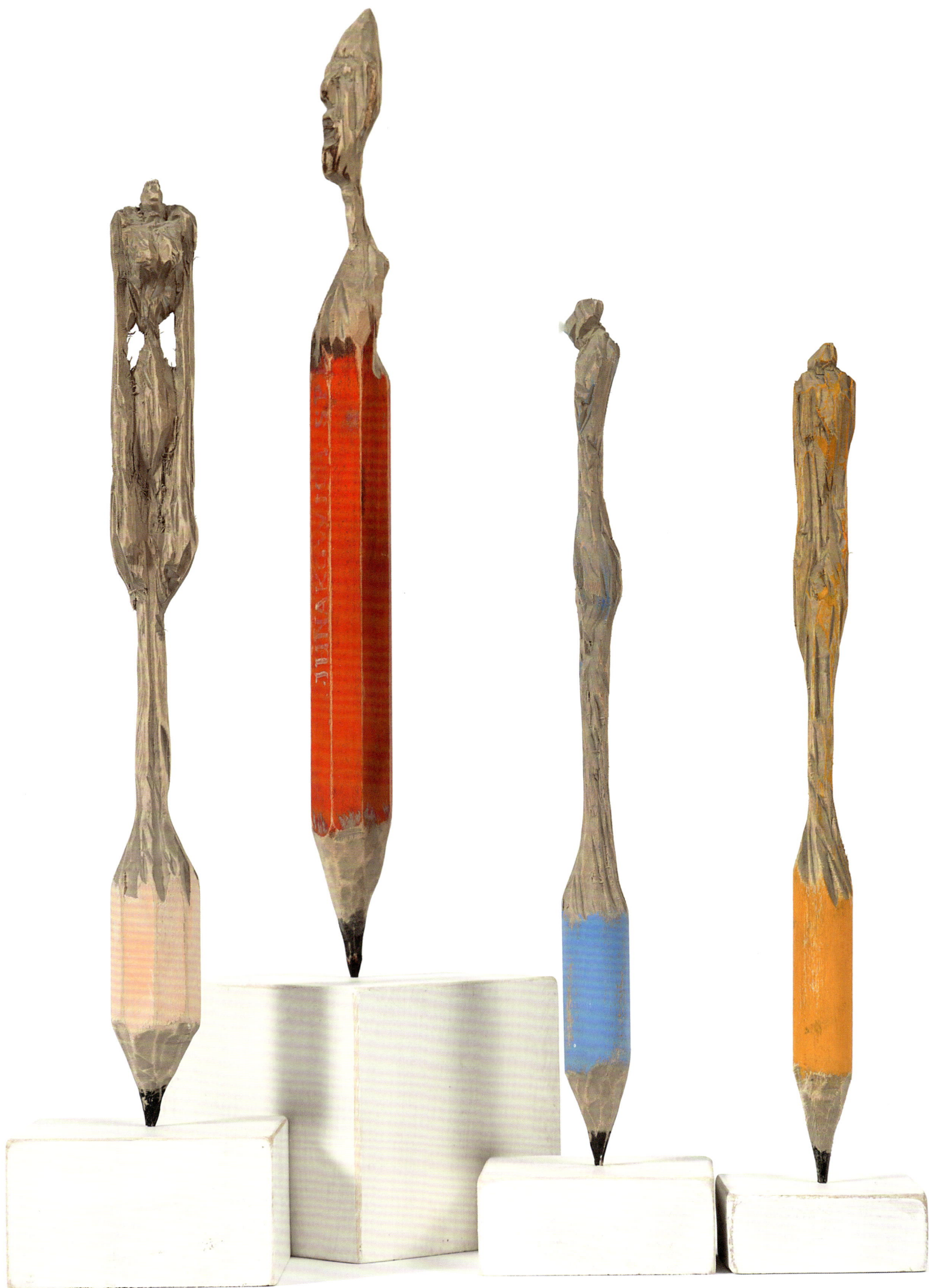

人们无法逃避自我，艺术家也无法摆脱自身的画风。尽管他们的风格常会发生细微的变化。人们所说的"风格主义"的"风格"，它既是艺术家的朋友，同时也是敌人。一些人努力地想要将它摒弃或改变，甚至企图忘却。在艺术史的洪流中，人们在各个时期都会与之不期而遇，碰撞，再碰撞——这相遇正是一种"重复"的艺术，宛如莫里斯·拉威尔《波莱罗舞曲》的旋律。

鲜有艺术家生来就具有风格主义的特质，乔治·莫兰迪也不例外。他对颠覆性的革新不感兴趣。日常的琐事不仅不会让他感到无聊，反而使他着迷。大小不一的瓶瓶罐罐，各式各样的摆件、茶杯、花瓶，都融合在他简约朴实而意味丰富的画作中。

他还在襁褓中的时候，就能够用一种明快的节奏，吮吸奶瓶中的牛奶。一小口又一小口，然后一大口，有规律地重复。在漫长而舒适的喂养下，在母亲安稳的怀中，他找到了自己的世界。

我请教了专门研究其作品的最权威的专家，我希望得到官方证实，证明我的照片是可靠的。未曾想，他们看到莫兰迪婴儿时期的照片时，竟近乎恼怒地回应道："您向人展示这张照片的行为，简直是对莫兰迪及其作品的戏谑嘲讽！"我简直不敢相信，更无法接受这种回答。我是他作品的忠实崇拜者啊！为了得到想要的答案，连续36天，我每天早上都会去往那座位于米兰的博物馆，就像一个真正意义上的风格主义者。我坚信自己是对的，哪怕现在依旧如此！那天，我甚至没把车停好就进馆了，于是我的车被拉走了。36天，日复一日地去往同一个地方之后，我终于停了下来，说实话，我之后也再没去过。照片的真伪，你们可以自己判断。但我敢保证，一切都如我所言——至少和我收到的违章停车罚单一样，真实可信。

Henry MOORE 亨利·摩尔

Marino MARINI 马里诺·马里尼

我悉心珍藏着伟大艺术家们的童年照片，这些照片透露出他们奇特的儿时生活的细节、行为、性格，以及妙趣横生的奇闻逸事。他们从小就有着各种各样的兴趣爱好，有的很独特，且往往影响到他们之后的人生选择。他们经常问自己："我长大后会做什么？"

或许这也曾经发生在马里尼的身上。照片里，那个坐在木马上的孩子是他吗？我们无从知晓。照片上没有提供任何的线索，我当然不能断言这个小插曲能和马里尼的艺术生涯——成为一名著名雕塑家——扯上关系。他创作了很多精彩绝伦的作品，尤其是骑士和马匹。

要想成为雕塑家，大量的练习是必不可少的。人们观察自然，旅行采风，或是进入学校学习，以掌握这门技艺。这是一个辛苦甚至艰苦的工作，但这不仅是因为大理石、木料或青铜的巨大重量，原因远不止于此。

我只给亨利·摩尔留了一小块版面，许多朋友对这样的安排表示怀疑。照片是亨利的生日聚会拍的，那时他还很小。你瞧，他满两岁时多么开心！虽然没有生日蛋糕，但有他非常喜欢的洞洞奶酪。我们能在这种有洞的奶酪，和与之相似的他的雕塑作品之间找到什么联系吗？或许没有吧。很多孩子都喜欢洞洞奶酪。况且洞就只是洞而已。

在我的这本书里，两位伟大的艺术家只能一笔带过了。我也无法评析他们的作品，只能向你们展示这些照片。没有来龙去脉，甚至缺乏解读，你们能谅解我吗？

DUCHAMP

马塞尔·杜尚

不知从何时开始，艺术作品表达的概念和思想，具有了和作品本身同等甚至更大的分量。这恐怕要追溯到很久之前。

现代艺术的概念，从我收藏的这两张照片诞生之日，即20世纪初开始，就存在了。从这些图像中，我嗅到了躁动，我读出了冲突，捕捉到一种与当时人们喜闻乐见的艺术相冲撞的挑衅意味。想要推广新思想，这是必不可少的。可有时"革命"来得太快，以至于无法得到适当的回应，就像这些一百多年前的照片记录的那样。其中一张照片里，木质画框代替了小便池，有人（或许是老师？）在照片的背面写道："如果小便池太高，孩子们应该告知我们，而不是破坏学校的公共设施。"哎，人们竟是这样理解艺术啊！

所有人都焦虑万分，不停地问原来的小便池去哪儿了，以及它"未来"会怎样。

创造力是没有极限，永不止息的。一件关于学校厕所的概念性作品，就这样在年轻的马塞尔脑海中萌生。他把厕所缺失的部分用在了另一件"作品"上，这件作品是给邻居的玩具。所有人都对这件精美的礼物感到十分满意。

几年之后，确切地说是1917年，马塞尔·杜尚在纽约第五大道118号JL 莫特铁艺工坊里购买了一个小便池，紧接着做了一件令人难以置信的事：他把小便池改造成了一件艺术品。这件作品无疑成了20世纪最重要的艺术品之一。

于是，同一个博物馆就有了两个小便池：一个如艺术品般引人瞩目，而几乎别无二致的另一个却只能待在厕所里，供人使用。这就好比梦想成为公主的"灰姑娘"们数不胜数，遗憾的是，灰姑娘只有一个！

卡西米尔·马列维奇
《黑色正方形和红色正方形》
1915，布面油画
82.5×58.5（厘米）

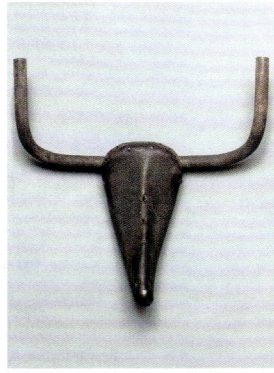

巴勃罗·毕加索
《公牛头》
1942~1943，自行车车座和车把
33.5×43.5×19（厘米）

巴勃罗·毕加索
《哭泣的女人》
1937，布面油画
61×50（厘米）

乔治·格罗兹
《共和国自动装置》
1920，纸本水彩钢笔画
60×47.3（厘米）

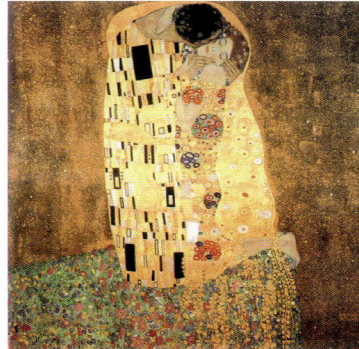

古斯塔夫·克里姆特
《吻》
1907~1908，布面油画
180×180（厘米）

亨利·马蒂斯
《舞蹈》
1909~1910，布面油画
260×391（厘米）

亨利·马蒂斯
《金鱼》
1911~1912，布面油画
146×97（厘米）

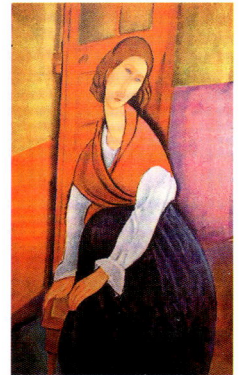

阿梅代奥·莫迪利亚尼
《坐在门前的珍妮》
1919，布面油画
92×60（厘米）

彼埃·蒙德里安
《红黄蓝的构成》
1921，布面油画
59.5×59.5（厘米）

马克·夏加尔
《街上空中的恋人》
1914~1918，布面油画
141×198（厘米）

乔治·德·基里柯
《街道的神秘与忧郁》
1914，布面油画
87×72（厘米）

雷尼·马格利特
《光之帝国》
1954，布面油画
146×113.7（厘米）

乔治·德·基里柯
《诗人的不确定性》
1913，布面油画
106×94（厘米）

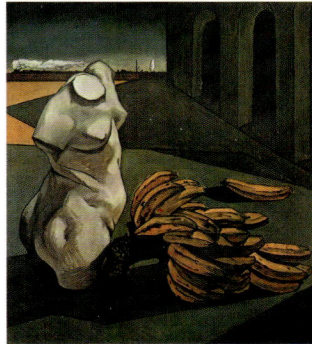

雷尼·马格利特
《图像的背叛（这不是一支烟斗）》
1928~1929，布面油画
62.2×81（厘米）

阿尔贝托·贾科梅蒂
《威尼斯女人》
1956，青铜
高约120厘米

乔治·莫兰迪
《静物》
1948，布面油画
44×48（厘米）

亨利·摩尔
《斜倚像》
1939，榆木
宽107厘米

马里诺·马里尼
《骑士和马》
1937，青铜
322×240（厘米）

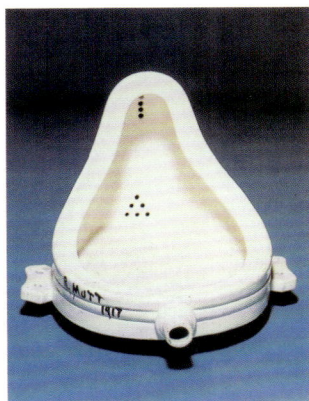

马塞尔·杜尚
《泉》
1917，现成品（陶瓷小便池）
36×48×61（厘米）

安迪·沃霍尔
《花》
1964~1970，丝网印刷品
91.5×91.5（厘米）